U0080557

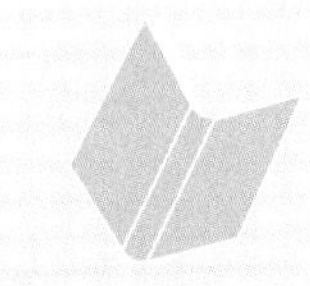

閱讀123

# 小東西

文 哲也

圖 林小杯、崔麗君、楊麗玲、錢茵、Tai Pera

# 目次

小杯杯 5
小湯匙 23

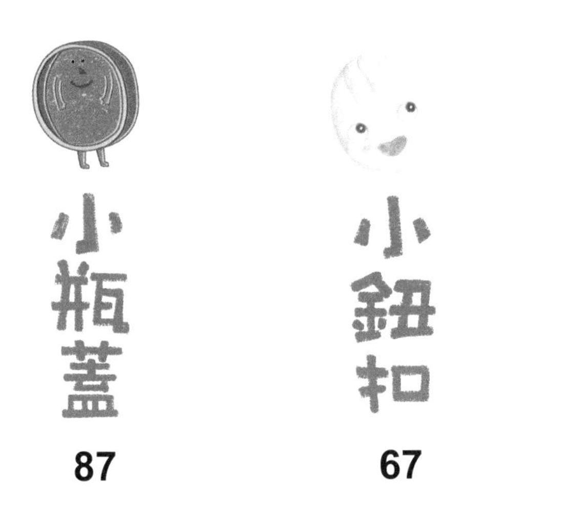


小蠟筆 45

小鈕扣 67

小瓶蓋 87

小杯杯
圖 林小杯

妹妹早上起來，刷好牙，綁好辮子，坐上餐桌，左看看，右看看。

「我的小杯杯呢？」妹妹問。

她每天早上用來喝牛奶的小杯子不見了。

「我剛剛倒牛奶的時候還在啊！」媽媽咬著土司說。「會不會逃走了？」

頭埋在報紙後面的爸爸笑了起來。「說什麼傻話。」

妹妹探頭到窗外，說：

「真的耶！」

爸爸媽媽也探頭到窗外。

他們笑不出來了。

「快追啊！那是我們去巴黎蜜月旅行買回來的！」媽媽衝出門外。

「對啊！很貴的耶！」

爸爸向窗外的路人揮手。

「攔住它！」

但是小小的身影已經跑遠了。

沒錯，小杯杯今天跑出去散步了。

「天氣真好。」小杯杯

在街道上一跳一跳往前走。路上的人們都急著去上班，頂多只看它一眼。

啦啦啦，我是一個小旅行家，

啦啦啦，我什麼也不怕，

啦啦啦，不是我不愛回家，

啦啦啦，我只是想看看世界有多大！

小杯杯一邊跳，一邊唱，沒多久，就被警察攔下來。

「你是什麼啊？」警察歪著頭。

「我是小杯杯啊。」

「杯子？杯子在街上做什麼？」

「逛街啊。」

警察翻開交通安全手冊。

「嗯，法律的確沒有規定杯子不能逛街。」警察說。

「那你又是誰？」小杯杯問。

「我也是杯杯。小朋友都叫我『警察杯杯』。」

「真的？那我們交個朋友吧，握握手！」

警察伯伯握著小杯杯的把手，到路邊買了一杯咖啡。

「嗯，用你來喝咖啡特別好喝喔！」

「謝謝誇獎！」小杯杯好高興，全身熱烘烘。「交朋友真好，你知道哪裡可以認識更多新朋友嗎？」

「那邊有一個跳蚤市場，應該有很多杯子吧！」警察伯伯說。

「很高興認識你，再見囉！」小杯杯一跳一跳的走了。

這時候，爸爸媽媽還在街上一邊跑，一邊找。

「它只是一個小杯子，跑不遠的。」爸爸說。

小杯杯來到了跳蚤市場。

跳蚤市場沒有跳蚤，但是有很多二手貨，有舊舊的桌子、椅子、盤子、叉子和……

「杯子！」

小杯杯跳到賣餐具的攤子上面，和一整排金光閃閃的高級皇室茶杯打招呼。

「嗨！各位小杯杯，你們好！」

所有的杯子都斜眼看它。

「不要用那種幼稚的口氣說話，我們都是貴族，和你不一樣，難道你看不出來嗎？」它們說。

這時候，一個小女孩走到攤子前面，伸出

手，手掌上有三枚銅板。

「老闆，我要買一個杯子。」

老闆皺起眉頭。「你只有這一點錢嗎？我的杯子都很貴的。」

小女孩低下頭，說：「明天我爸爸就要出遠門了，我想送他一個小禮物。」

小杯杯舉起手大喊：「我不用錢！」

「什麼時候冒出這個杯子的？」老闆驚奇的張大眼。「就送你吧！」

小女孩高興的帶著小杯杯回家了。

這時候，爸爸媽媽還在街上一邊跑，一邊找。

「它只是一個小杯子，跑不遠的。」爸爸氣喘吁吁的說。

第二天，在太空總署的火箭發射臺上……

太空人坐在駕駛艙內，親吻了一下他女兒送他的禮物：一個小杯子；然後把安全帶綁好，聽著倒數的聲音：「五、四、三、二……」

轟！

火箭發射了，朝著火星飛去。

這時候，爸爸媽媽還在街上一邊跑，一邊找。

「它只是……一個小杯子……跑……跑不遠的。」爸爸上氣不接下氣的說。

一個禮拜後，妹妹坐在餐桌旁，準備吃早餐。

爸爸打開電視，電視正在播放登陸火星的實況轉播。

太空人和火星人互相交換名片，握握手，然後太空人從背包裡拿出一個來自地球的禮物，送給火星人。

「這是什麼？」火星人歪著頭。

「我是小杯杯！」小杯子笑得好燦爛。

電視機前的爸爸媽媽都跳了起來。

「不會吧？」妹妹張大眼睛，手一鬆，手上的叉子掉到地上。

小叉子一蹦一跳的跑出門去。

「快追啊！那是我們去峇里島旅行買回來的！」媽媽衝出門外。

但是小小的身影已經跑遠了。

「它只是一支小叉子，應該跑不遠……吧？」爸爸嘆氣說。

# 小湯匙

圖 崔麗君

下雨的港口邊，一艘大船靜悄悄的靠岸。

天空灰濛濛的。

貨物一箱一箱被搬下來。

一位水手撐著傘，靜靜的走下船。

他沿著港邊走，一邊看著雨中的城市，

這是黃昏的時候，街燈才剛剛亮起來。

溼淋淋的地上，一汪汪小水潭閃爍著微光。

一道黑影閃過他眼前。

水手回頭，張大了眼睛。

*** *** ***

這是一座古老的城市，一座小小的城市，一座依山傍海的港口城市。

人們都叫它「尋香城」。

因為這個城市裡有世界上最棒的餐廳、最好的廚師，美麗的咖啡館一家又一家，環繞著港口邊的街道。海上的船隻，大老遠就會聞到這座城市裡的香味——熱騰騰的美食、香噴噴的醬料、剛磨好的咖啡豆、剛出爐的麵包……只要聞到這些香味，不需要羅盤，也能找到這座城市，進港靠岸。

世界各國的王子、公主、流浪的詩人、音樂家、魔法師和旅行者，都愛來這座港口邊的城市。

但是有一天，尋香城發生了一件大事，這件事，歷史上稱為「洛司特史本恩」事件（The Lost Spoons），意思就是「失蹤的湯匙」。

事件一開始，是發生在發明電燈的愛迪生蒞臨尋香城那天。當時愛迪生坐在港邊最好

的餐廳裡，紮好餐巾，正要伸手去拿湯匙，喝一口香噴噴的濃湯時，咻，湯匙不見了。

第二天，世界上最偉大的魔術師胡迪尼，在港口邊喝咖啡的時候，也發生了一樣的事情，他才剛倒了牛奶要攪拌一下，咻，湯匙不見了。

旁邊的服務生都鼓起掌來。

「這不是魔術！」胡迪尼氣得鬍子都翹起來了。「湯匙真的不見了！」

就這樣，事情接二連三的發生。

坐在路邊咖啡座上的老紳士，正要攪拌紅茶裡的蜂蜜……

咻，湯匙不見了。

廚房裡的大鬍子廚師，正要舀一匙咖哩醬……

咻，湯匙不見了。

坐在鞦韆上的小女孩，正要舀一口冰淇淋……

咻，湯匙不見了。

坐在窗邊的母親，正要舀一匙麥片餵孩子……

咻，湯匙不見了。

具有超能力的魔法師站在廣場上，正集中精神，要用念力把手上的湯匙弄彎……

咻，湯匙不見了。

整座城市的湯匙接二連三消失，而且消失之前都出現一道黑影，這到底是怎麼一回事呢？

不過反正只是一些小湯匙而已，沒有人想追究。

直到有一天，王宮裡的皇后為了保養她的喉嚨，打開裝著一百種珍貴藥材的藥粉罐，小心翼翼拎著百年歷史的金湯匙，舀了一匙藥粉……

咻，湯匙不見了。

「快去把偷湯匙的小偷給我找出來！」

王后吼得喉嚨都快破了。

聰明的大臣想了一個辦法。在一個夜黑風高的夜晚，他把國王專用的那把最貴重、最美麗的湯匙，放在港邊的廣場中央，然後躲在一旁靜靜等待。港口的海水閃爍著微光……

咻，一道黑影閃過。

這次湯匙沒有消失，因為

湯匙緊緊黏在地板上。咬著湯匙的是一隻黑色的小動物。

「你們看，是一隻小黑貓！」士兵將小貓團團包圍，民眾環繞一旁，小貓還是咬著湯匙，不肯放開。

「這隻小貓叼走了全城的湯匙？」王后走進廣場。

「此事必有蹊蹺。」大臣托著下巴思考。

這時候，人群中走出一個水手，小貓一看見他，立刻放下湯匙，飛奔進他的懷裡。

「把牠拿下！」大臣大聲下令。

水手卻緊緊抱著貓，在廣場中央坐了下來。

「你找的是這個嗎？」他從口袋裡拿出一根木頭小湯匙。

小黑貓一看到木頭湯匙，嗚嗚的哭了起來。

水手抬起頭，對大家說：

「半年前，我來到尋香城，在港邊廢棄的倉庫旁，遇到這個沒有媽媽的可憐小傢伙，那時候我就是用這根木頭湯匙餵牠吃東西。但當時我只能陪牠一個月，就必須上船回國了。昨天我回到城裡，才知道發生了什麼事情。」

所有人都安靜了下來。

「我想，這根小湯匙是他記憶中唯一的快樂時光吧？」

水手抱著小貓，帶著大家走到倉庫邊，推開破爛的大門。

那些失蹤的、各式各樣的精緻湯匙，在倉庫裡堆得像座小山一樣。

小黑貓抱著髒兮兮的木頭小湯匙，心滿意足的在主人懷裡睡著了。

港邊的海水，繼續閃爍著微光。
尋香城的美麗故事，又多了一樁。

# 小蠟筆

圖 楊麗鈴

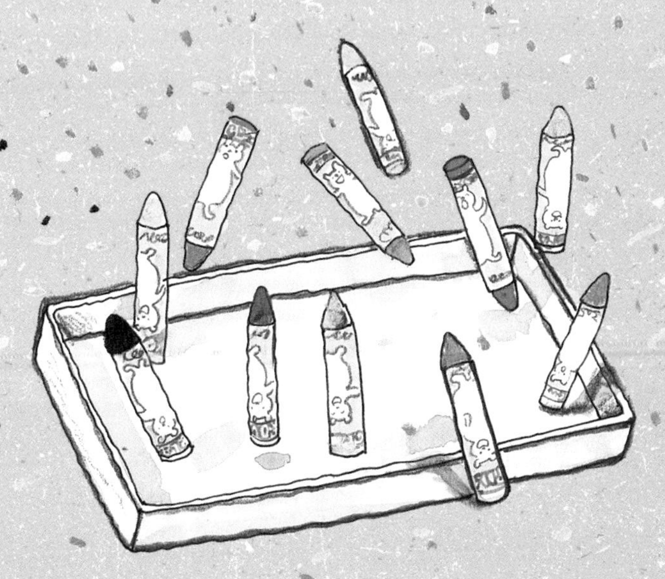

妮妮今天要畫一張蠟筆畫，當作暑假作業。

但是她才剛拿起一支藍色小蠟筆，畫了一下子，怪事就發生了。

「歪了。」

妮妮左看看，右看看。誰在說話啊？

「畫歪了。」蠟筆說。

「要你管！」妮妮大叫起來。「你是蠟筆耶，怎麼說話了！」

「忍不住嘛。」蠟筆說。「你都不好好畫。」

「誰說我不好好畫？」妮妮把圖畫紙上的餅乾屑拍乾淨。

「你不專心。」

「誰說我不專心？」妮妮拿起遙控器把電視關起來。

「哎，我們蠟筆的生命很短，一下子就沒了，我可不想把生命浪費在一張隨便亂畫的塗鴉上面。」蠟筆嘆氣說。

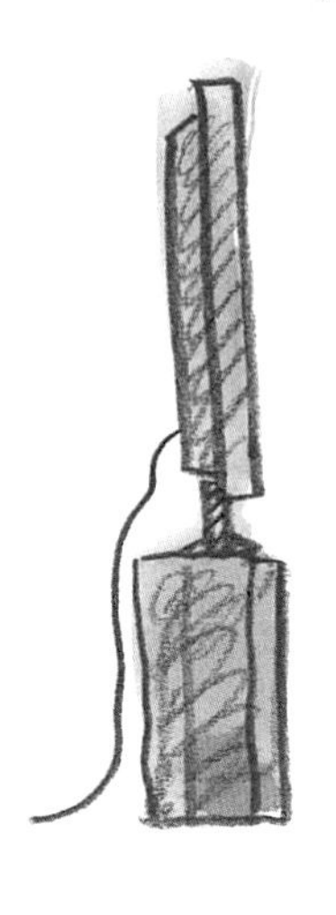

「好啦好啦，那我好好畫。」妮妮拿起蠟筆用力塗，想趕快把這支奇怪的蠟筆用完。

塗塗塗，塗塗塗。

「嗯，畫得不錯嘛。」蠟筆說。

「哼，那當然。」

妮妮翹著鼻子說。

「好漂亮的獅子。」

「那不是獅子啦，我是畫我爸！」

「好漂亮的鬃毛。」蠟筆說。

「那不是鬃毛，是頭髮和鬍子！」

「可憐的獅子，被關在籠子裡。」

「那不是籠子！是我爸穿著條紋襯衫！」

妮妮抱著頭大喊。「我有畫得那麼不像嗎？」

「不不不，你畫得很好……」蠟筆很怕妮妮一氣之下把它

折斷。「但我可以給你一點建議嗎？」真是一支囉唆的蠟筆。

「什麼建議？」

「加上一頂棒球帽，就會更像你爸。」蠟筆說：「你爸喜歡戴棒球帽。」

「好吧，就聽你的。」妮妮拿起蠟筆。「畫好了！」

「這是棒球帽嗎？」蠟筆喊：「是海盜的帽子吧！」

「哈。」妮妮歪著頭。「越畫越不像。」

「沒關係，你畫一輛汽車，讓他坐在車裡，就像你爸了。你爸喜歡開車。」

「好主意！」妮妮拿起蠟筆，開開心心畫了起來。

「畫好了！」

「這哪是汽車，這是海盜船！」蠟筆叫了起來。

「哈，那乾脆改畫海盜好了，」妮妮大笑起來，繼續畫下去。「你看，這是海洋！」

塗塗塗，塗塗塗，妮妮塗了一大片藍色，塗到蠟筆只剩下一小截。

「大海上有一座無人島。」妮妮邊畫邊說。

「島上有一座山。」

蠟筆也幫忙出主意。

「山上有個山洞。」

「可是山洞門鎖起來了。」

「那怎麼辦？」

「畫一支鑰匙就好了。」

「好主意！」妮妮畫得好開心。

「門開了，門裡有個寶藏箱，裡面都是金元寶！」

「這是元寶？看起來像炸彈。」

「哈，沒錯，是偽裝成元寶的炸彈！轟！爆炸了！」

妮妮大笑。跟這支會說話的蠟筆一起畫圖真好玩。

「海盜受傷了，怎麼辦？」蠟筆問。

「這時候，海面上出現一個美麗的仙女救了他。」

妮妮說。

「仙女長什麼樣子？」

「就像我媽媽，我記得我媽媽很漂亮。」妮妮舉起蠟筆，又停住。「可是我已經不記得她的樣子了……」

妮妮沉默了下來，覺得心裡酸酸的。

「我記得。」蠟筆說。

「什麼？」妮妮看著手上那支剩下小小一丁點的蠟筆。「你記得？」

「嗯。」蠟筆說：「來，握住我，我畫給你看。」

「好。」

「但是，我要先和你說再見。」

「為什麼？」

「因為畫完以後，我就消失了。」

「不要走！我喜歡跟你一起玩！」

妮妮在心裡喊，但沒有說出來。

小蠟筆用最後一點點力氣，畫了起來。

畫完以後，仙女媽媽站在海盜爸爸旁邊，微笑著。

小蠟筆消失了。

這時候，門打開，爸爸回來了。妮妮撲進爸爸懷裡。

「這是你畫的？」爸爸拿起妮妮的畫，看到畫裡的媽媽，覺得心裡酸酸的。「畫得真好，這張畫好像會說話一樣。」

「是會說話沒錯啊。」妮妮嘆口氣。「可惜再也沒有這種蠟筆了。」

「家裡蠟筆多得很啊。」爸爸紅著眼睛走進房裡。「怎麼不多試幾種顏色？」

「好吧，那就來上色吧！」

妮妮打開蠟筆盒，愣了一下，然後就笑了。

因為每支蠟筆都喊著說：「選我！選我！」

# 小鈕扣

圖 錢茵

公主坐在窗邊喝下午茶，吃點心。

她吃了五片蛋糕、四個泡芙、三盤鬆餅、兩艘香蕉船和一籠小籠包。

「公主，您這樣還算是喝下午茶嗎？」照顧公主的奶媽猛搖頭。

「哎，國事如麻呀，容易餓嘛。」公主撒嬌說。

「你什麼時候處理過國事了？不要學你父王說話。」

「我再吃點巧克力就好。」

公主把一盒巧克力倒進嘴裡。

噗！她的小肚子凸了出來；啵！衣服上的鈕扣蹦出去，飛出窗外。

啊！小鈕扣尖叫著。

救命啊！

我還不想死啊！

噗通，小鈕扣掉進花園水池裡，沉了下去，接著又被吸進水管，從噴水池噴了出來。

小鈕扣在空中翻滾了三圈，掉進一個黑漆漆的小洞窟裡。

小洞窟的門關了起來。

洞外有個尖尖的聲音說：「小黑，你剛剛吃了什麼？張開嘴！」

洞窟門開了，長長的鳥嘴伸進洞窟，把小鈕扣叼了出來。

「以後不要張著嘴發呆，聽到沒有？」樹上的鳥巢裡，烏鴉媽媽說。

小烏鴉點點頭。

烏鴉媽媽叼起小鈕扣，往森林飛去。

森林裡，有一棟小木屋，烏鴉把小鈕扣放在窗邊，敲敲窗戶，就飛走了。

窗戶打開了，一隻皮膚皺巴巴的手伸了出來，拎起小鈕扣。

小鈕扣全身發抖。

「放開我！你這個老巫婆！」

「別怕，我只是個普通的老婆婆，」木屋裡的老人問：「你是誰呀？」

小鈕扣說：「哼，說出來你可別嚇到，我是公主身上的衣服，我的名字很長，叫做『好漂亮啊真是一件雍容華貴的公主服』。」

老婆婆聽了，噗哧一聲笑了出來。

「你不是一件衣服啦，你只是衣服上的鈕扣。」

絲綢編織成的雪白小鈕扣，一下子漲紅了臉，變成一顆紅鈕扣。

「可是那些大臣都對著我說：『好漂亮啊真是一件雍容華貴的公主服！』。」

「因為他們在公主面前都半跪著，只能對著你說囉。」老婆婆捧著小鈕扣走進屋裡。「宮裡來的小鈕扣啊，我帶你去認識一些朋友。」

老婆婆打開抽屜。

嘩，滿抽屜都是五顏六色、各式各樣的鈕扣。

布鈕扣、鐵鈕扣、石頭鈕扣、金鈕扣、木頭鈕扣、貝殼鈕扣、花朵鈕扣、彈珠鈕扣、方鈕扣、圓鈕扣、三角鈕扣、牛角鈕扣、糖果鈕扣……

「歡迎！我們一起玩吧！」他們跳出抽屜說。

「可是……」小鈕扣低頭：「我想回王宮。」

老婆婆微笑說：「烏鴉怕我寂寞，每天都會叼一顆牠撿到的鈕扣給我，明天牠來的時候，我就請牠帶你回去好了。」

「真的？」小鈕扣一開心，就和大家一起玩了起來。他從來沒有這麼多朋友！

他們在屋子裡一邊跳，一邊唱：

小(ㄒㄧㄠˇ)鈕(ㄋㄧㄡˇ)扣(ㄎㄡˋ)，扭(ㄋㄧㄡˇ)啊(˙ㄚ)扭(ㄋㄧㄡˇ)，
小(ㄒㄧㄠˇ)鈕(ㄋㄧㄡˇ)扣(ㄎㄡˋ)，抖(ㄉㄡˇ)一(ㄧˋ)抖(ㄉㄡˇ)，
小(ㄒㄧㄠˇ)鈕(ㄋㄧㄡˇ)扣(ㄎㄡˋ)，學(ㄒㄩㄝˊ)小(ㄒㄧㄠˇ)狗(ㄍㄡˇ)，
小(ㄒㄧㄠˇ)鈕(ㄋㄧㄡˇ)扣(ㄎㄡˋ)，跳(ㄊㄧㄠˋ)探(ㄊㄢˋ)戈(ㄍㄜ)，
小(ㄒㄧㄠˇ)鈕(ㄋㄧㄡˇ)扣(ㄎㄡˋ)，手(ㄕㄡˇ)牽(ㄑㄧㄢ)手(ㄕㄡˇ)，
小(ㄒㄧㄠˇ)鈕(ㄋㄧㄡˇ)扣(ㄎㄡˋ)，大(ㄉㄚˋ)聲(ㄕㄥ)吼(ㄏㄡˇ)！

第二天清晨，烏鴉又飛來了，牠把睡在窗邊的小鈕扣叼起來，飛回去，放在公主的書桌上。

不久，細心的奶媽發現小鈕扣，又把它縫回衣服上。「好漂亮啊，真是一件雍容華貴的公主服！」大臣們看到公主都跪下說。

但是小鈕扣卻很想念森林裡的小木屋。在那裡它可以看到老婆婆慈祥的臉，看到朋友們可愛的笑容。可是在宮裡，它抬起頭，只能看到公主的下巴。

於是，每天到了下午茶時間，公主都會聽到一個細細的聲音對她說：

「多吃點嘛，公主。你看那片起司蛋糕多好吃，來，再多吃兩片！」

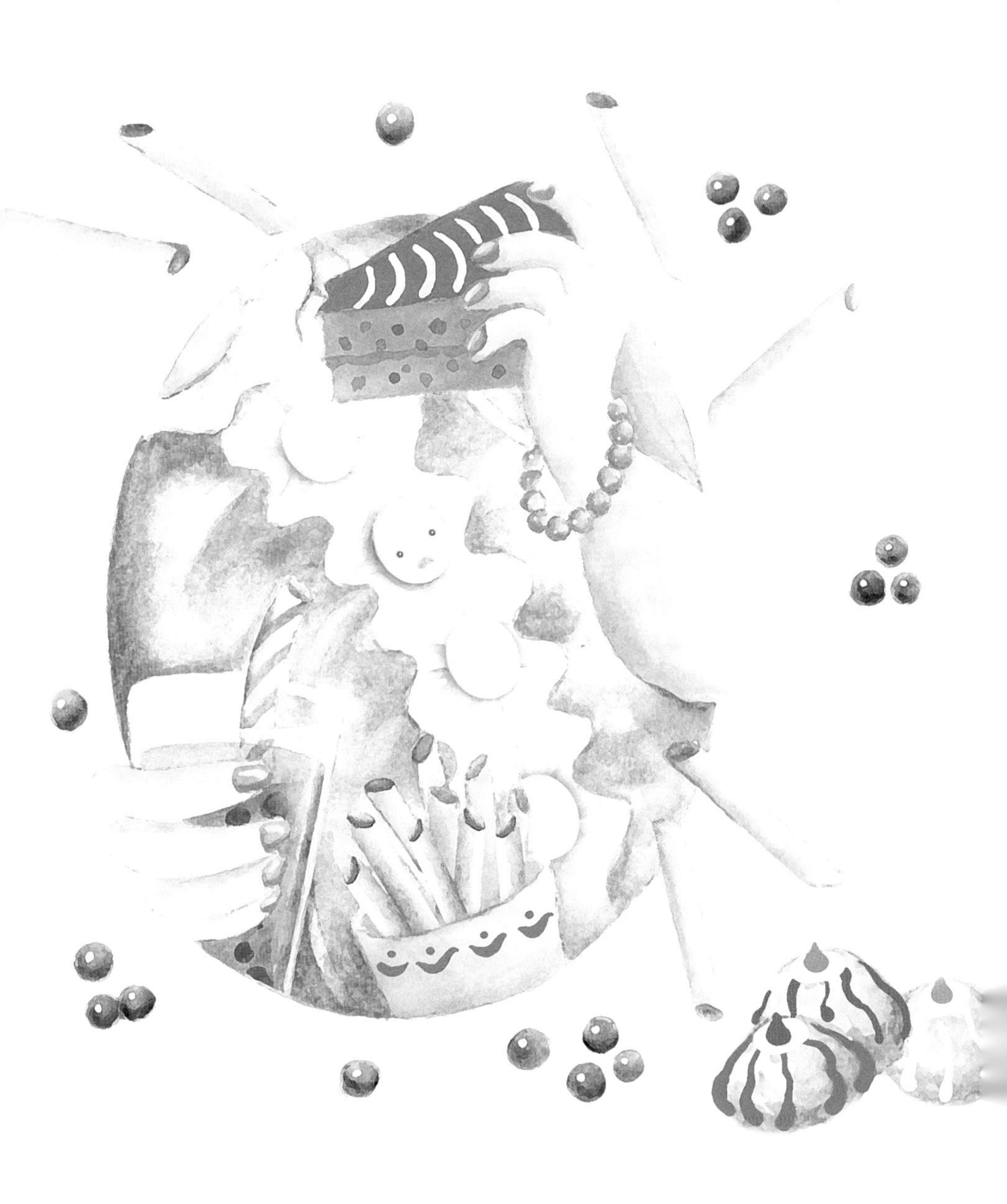

終於，有一天，在公主吃了十片蛋糕、九根蛋捲、八杯珍珠奶茶以後……

啵！小鈕扣又重獲自由。

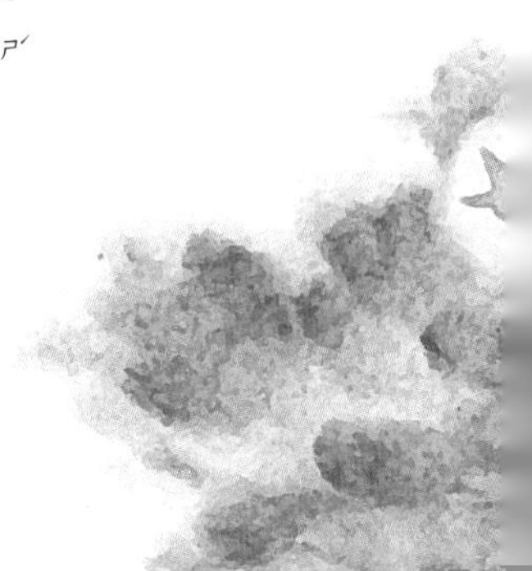

MILK

# 小瓶蓋

圖 Tai Pera

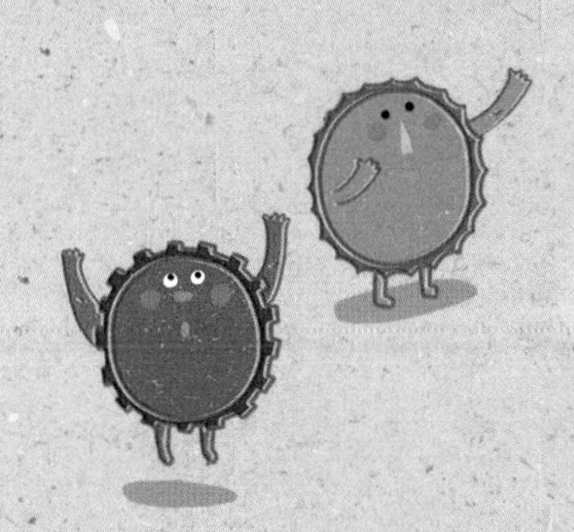

小瓶蓋丁丁一出生，就知道自己不會是一個大人物。

他就讀「瓶蓋小學」的時候，每次開朝會，校長就對著全校的瓶蓋小朋友們訓話。

「你們不用學國語，也不用學數學，不用學社會，也不用學音樂，只要學會不讓瓶子裡的水漏出來就可以了，」校長說：「因為你們只是一個小瓶蓋而已，沒有別的用處。噹不噹？」

「噹不噹」就是瓶蓋語「懂不懂」的意思。

噹
噹
噹
噹
噹
噹
噹
噹
噹
噹

「噹！」小瓶蓋們回答。

接著進行升旗典禮，校旗的圖案是一個被壓扁的生鏽瓶蓋，校歌歌詞則是這樣唱的：

「小瓶蓋，沒未來……」

真是令人洩氣。

幸好，瓶蓋小學只要讀三天就可以畢業了。畢業那天，大貨車來到校門口，載他們去工作。

「真緊張，不曉得會分配到什麼樣的瓶子？」

一路上同學們討論著：「不曉得會是汽水瓶還是啤酒瓶呢？」

「說不定是醬油瓶。」

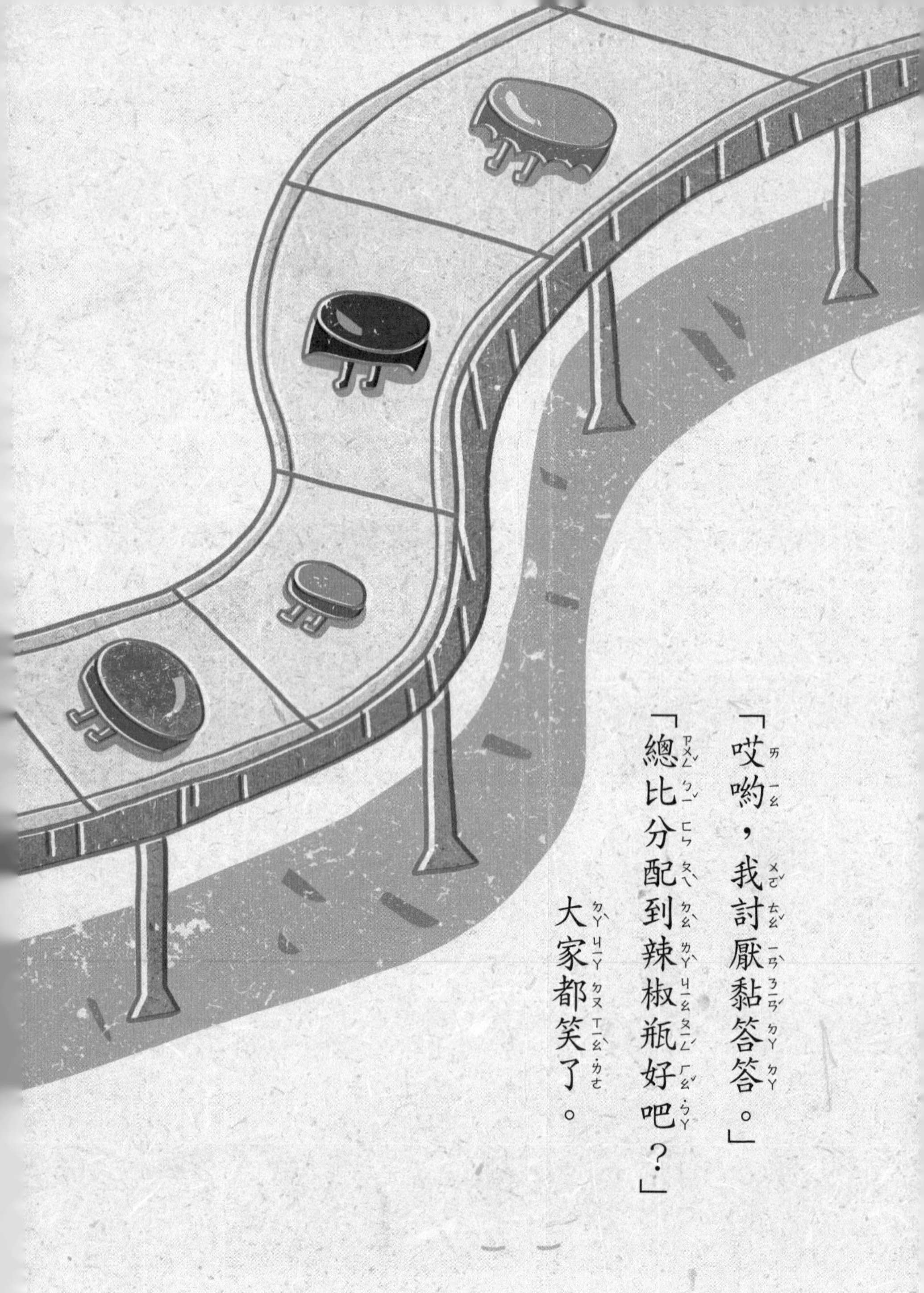

「哎哟，我討厭黏答答。」

「總比分配到辣椒瓶好吧？」

大家都笑了。

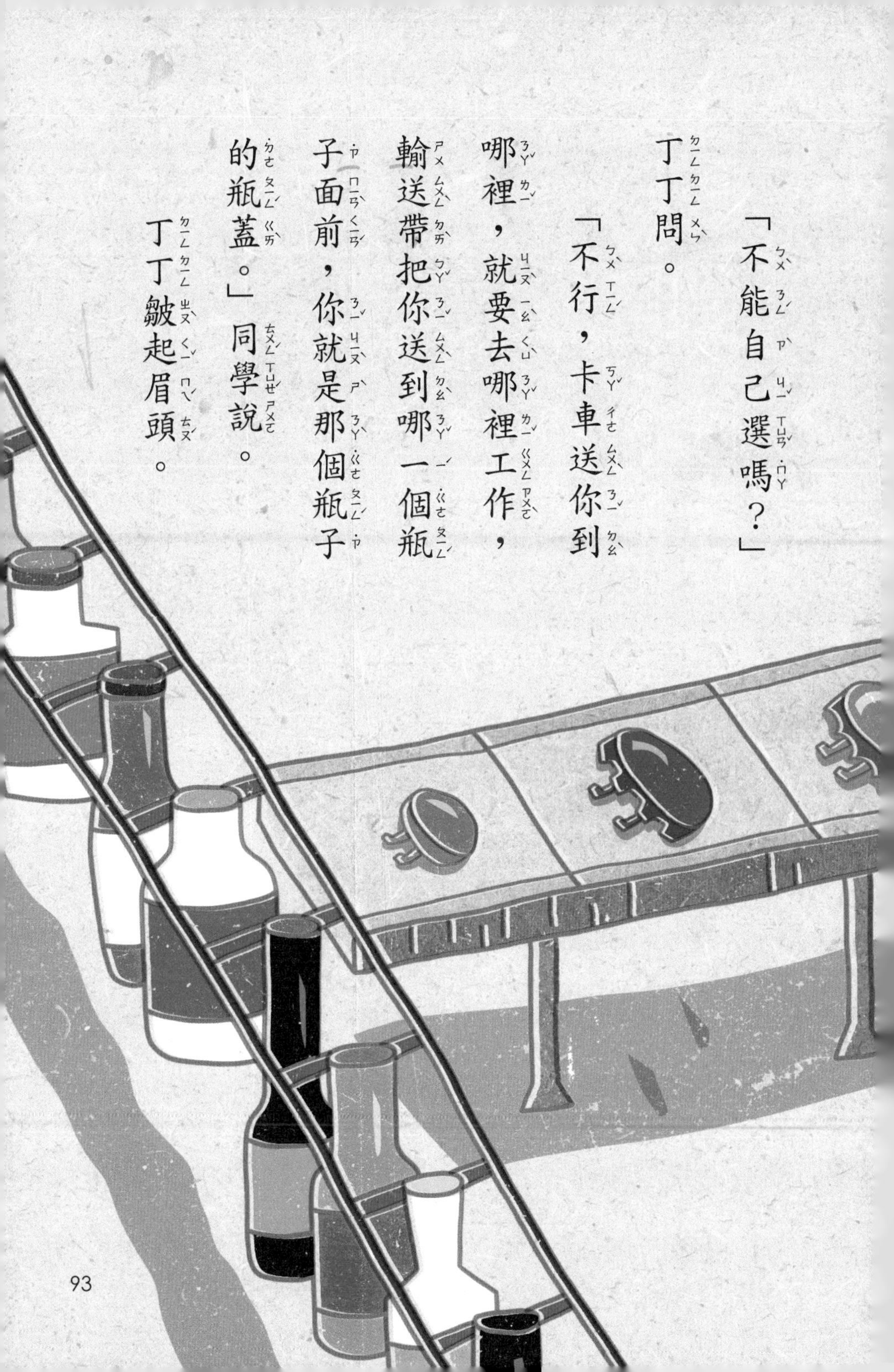

「不能自己選嗎？」丁丁問。

「不行，卡車送你到哪裡，就要去哪裡工作，輸送帶把你送到哪一個瓶子面前，你就是那個瓶子的瓶蓋。」同學說。

丁丁皺起眉頭。

「我才不要人家幫我決定命運，而且，我要自己選擇自己的朋友。」

趁大貨車轉彎的時候，小瓶蓋丁丁偷偷跳下車。他沿著馬路滾呀滾，滾到馬路邊，咚咚咚，滾下石階，滾到了小河畔。

螞蟻先生正坐在河邊的石頭上發愁。

「你怎麼了？」丁丁問。

「我的家在對面，但是我沒有船過河。」

螞蟻先生說。

「我就是一艘船呀，上來吧！」

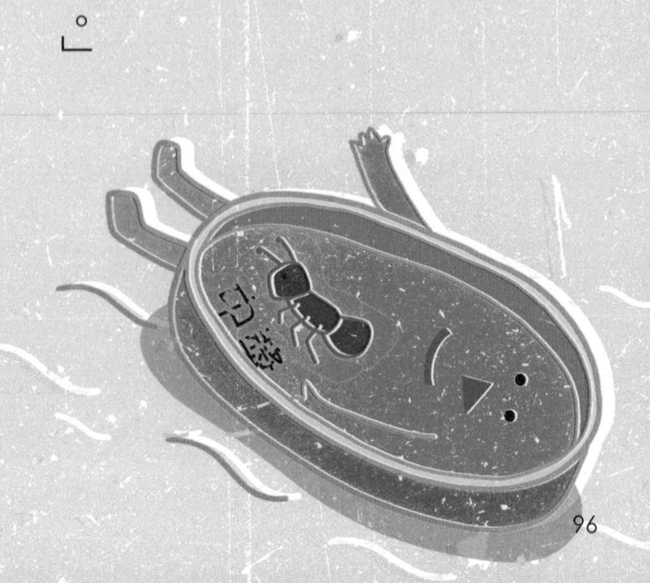

瓶蓋浮在水面上飄呀飄，載著螞蟻先生過河。

「拜拜！你真是一艘了不起的好船！」螞蟻先生開心的回家了。

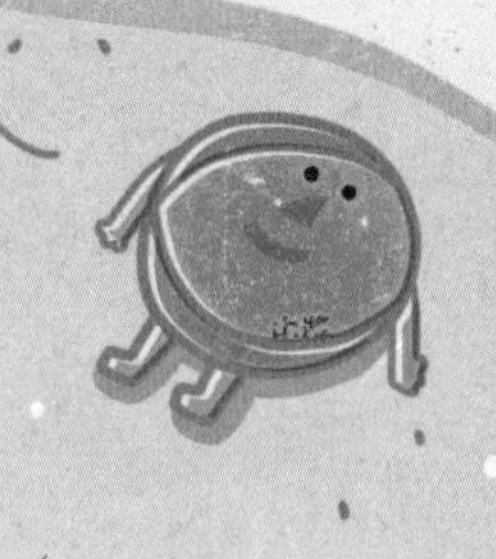

丁丁沿著河流旅行，來到了河流和海洋交接處，一個小女孩孤單的坐在沙灘上。

「你怎麼了？」丁丁問。

「都沒有人跟我玩。」小女孩對著被沖上沙灘的小瓶蓋說。

「我跟你玩，你看！」

丁丁在沙灘上蹦蹦跳跳，用瓶蓋的印子圍成一顆心。

小女孩的眼睛亮了起來。

小女孩和丁丁玩了好久，一會兒玩蓋印章，一會兒玩烘餅乾。

「拜拜，你真是一個好玩具！」小女孩開心的回家了。

丁丁坐在沙灘上，一轉頭，看到一個玻璃瓶。

「你好，我是瓶蓋丁丁。」

「你好，我是牛奶瓶冬冬。」玻璃瓶說：「我肚子裡有一封信，但是我沒有瓶蓋。」

「那我們一起去送信吧！」

MILK

他們手牽手，瓶蓋對瓶口，一起在海面上漂流，看了好多風景，去過好多港口。

「你真是一個旅行的好夥伴！」冬冬說。

最後，玻璃瓶漂流到岸邊。一個又冷又餓的老先生，用顫抖的手撿起瓶子，打開瓶蓋，拿出瓶裡的紙條。

「人生永遠都有新希望！」紙條上只這樣寫著。

老人仔細看看手裡的瓶蓋，張大眼睛，不敢相信。

瓶蓋內側印著「中獎」兩個字，這筆獎金夠他安享天年了。

老人親了一下瓶蓋。

「你是天使派來的信差。」

丁丁微笑著，看著他的新朋友，同時輕輕在心裡哼著校歌，只不過他把歌詞稍微改了。

他唱著：「小瓶蓋，也不賴……」

## 作者的話

# 聽聽微小聲音說說它倆的故事

文／哲也

每一個小東西背後都有自己的故事。就像電影裡面，每一個小角色都有自己的故事一樣。

電影裡面，那些跟主角擦肩而過的人、那些跟劇情沒有關係的人、站在路邊等公車的人、和主角搭同一部電梯的人、一出場就死掉的人、蹲在路邊的乞丐、從遠方的操場跑過的小孩，還有很多連臉孔都看不清楚的臨時演員，他們都只出現幾秒鐘。

他們跟主角比起來，一點都不重要，但是仔細想一想，他們每一個人也都有自己的故事啊。

在他們自己的故事裡，他們都是主角。

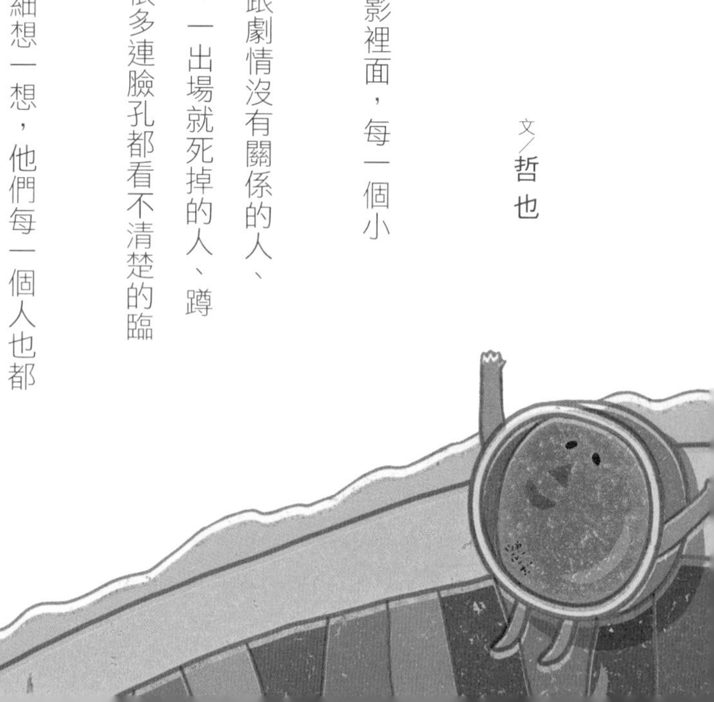

在我們的生活裡，也有很多跟我們擦肩而過的小配角。

浴室裡的小牙刷、牆壁上的小掛勾、掉在牆角的小瓶蓋、挖果醬的小湯匙、鉛筆盒裡的小擦子、抽屜深處的小蠟筆、電視遙控器上面的小按鈕、被遺忘在沙堆裡的小彈珠、在聖誕樹上等待驚喜的小襪子、在陽光裡融化的小冰棒、小貓脖子上的小鈴鐺、從橋下靜靜飄過的小葉子、媽媽頭髮上的小髮夾，妹妹哭紅的小鼻子……

我們的生活是由小東西組成的，很多很多的小東西，它們平常都很沉默、很低調，靜靜的坐好，但如果我們停下腳步，仔細看看它們，也許就會聽到它們對你說：

嗨，我要跟你說一個小東西的故事。

國家圖書館出版品預行編目資料

小東西／哲也 文；林小杯等 圖 -- 第二版. -- 臺北市：親子天下, 2018.01
108 面；14.8x21公分. --（閱讀123） ISBN 978-986-95630-5-5（平裝）
859.6 106020195

**閱讀 123 系列** —— 050

# 小東西

作　　者｜哲也
繪　　者｜林小杯、崔麗君、楊麗玲、錢茵、Tai Pera
責任編輯｜黃雅妮
美術設計｜蕭雅慧
行銷企劃｜王予農、林思妤

天下雜誌群創辦人｜殷允芃
董事長兼執行長｜何琦瑜
媒體暨產品事業群
總經理｜游玉雪　副總經理｜林彥傑
總編輯｜林欣靜　行銷總監｜林育菁
資深主編｜蔡忠琦　版權主任｜何晨瑋、黃微真

出版者｜親子天下股份有限公司
地址｜台北市 104 建國北路一段 96 號 4 樓
電話｜（02）2509-2800　傳真｜（02）2509-2462
網址｜ www.parenting.com.tw
讀者服務專線｜（02）2662-0332　週 ~週五：09:00-17:30
讀者服務傳真｜（02）2662-6048
客服信箱｜ parenting@cw.com.tw
法律顧問｜台英國際商務法律事務所．羅明通律師
製版印刷｜中原造像股份有限公司
總經銷｜大和圖書有限公司　電話：（02）8990-2588

出版日期｜ 2014 年 1 月第一版第一次印行
2023 年 9 月第二版第十六次印行
定　　價｜ 260 元
書　　號｜ BKKCD101P
ISBN ｜ 978-986-95630-5-5（平裝）

閱讀123